ウオッチング

はじめに

この世の中に数限りなく存在する一切の事物を森羅万象といいます。日本は自然に恵まれ四季折々の楽しみがあります。春は花が咲き乱れ、満開の桜の木の下での楽しいイベント。夏は夏で清流につかり、川辺で魚釣りをして暑さを癒します。秋には満月を眺めながら唯一無二の自己を見つめます。しんしんと雪降る冬は、雪国の難題をも顧みず、独りよがりに楽しむ。しかし、地球温暖化・気候変動は時節の変化に表れています。

自然災害が毎年のように起こり甚大な被害をもたらしていることは枚挙に至りません。コロナウイルスによる人間世界への席巻は近代医学に脅威を与えました。それに加え人的災害。最悪なのが戦争です。人が人を殺す行為は、科学が発達すればするほどひどいものになっています。ロシアのウクライナ侵略は絶対に許されません。さらにイスラエルの戦闘行為もです。原発事故のように取り返しのつかないものもあります。宮沢賢治は「世界中が幸福でないと個人の幸福はない」と言っています。

人間は感情の動物と言われています。日々の暮らしがモノ、カネで左右され日々が躁《そう》と鬱《うつ》の行ったり来たりです。水と粘土から人間を創りだしたプロメテウスに問いたい。いつまでこの苦しみが続くのかを。ふし穴からのぞき見したこの「迷文」の「怒楽《どうらく》」で、心の放蕩をしてほしいものです。

二〇二三年秋

著　者

ウオッチング

目次

冬 99

春

一筆啓上

雲の中の雀

春の今寺《いまでら》田んぼへ行くと空高くひばりがさえずっています。ひばりを漢字では雲雀と書きますが、確かに雲の中の雀ですね。舞い上がる時の「上り鳴き」、上空で羽ばたきながら留まって鳴く「舞鳴き」、降りる時の「下り鳴き」とそれぞれ鳴き方が違いますからたいした芸です。下り鳴きを突然やめて、サーと急降下。降りた麦畑の半径20メートル位の所を探して、巣っこを見つけるのが少年の頃の遊びでした。今は自然を相手に子どもたちが遊ぶことがめっきり少なくなっています。

万緑や鐘楼《しょうろう》音《おん》を鎮めけり

フレッシュ タイム①

新緑、緑滴る良い季節になりました。塩船観音寺のつつじは赤紫、橙、白と色様々で、今年も見事に咲き揃いました。こんなにも花に癒やされる人間の気持ちは誠に穏やかなものです。つつじは、躑躅《つつじ》色《いろ》といって赤紫系の染色名にあって『枕の草子』では春の汗衫（かざみ…汗取りの単衣）によい色として取り上げています。▼今のようなさまざまな色合いは、江戸時代の改良好みによるものと推測されます。つつじのお花畑を抜けた頂上に、平和観音像が鎮座していて人々の安寧と世の中の和やかなことを願っています。右手は胸の上に上げ人々に安心を与える。左手は手のひらで衆生の願いを聞き入れるお姿です。▼今の衆生の願いと言えば何にもまして「ロシアのウクライナ侵略やめよ」です。突然、他人が我が家へ飛び込んできて「この部屋は俺のものだ、出ていけ」と凶器を振り回し人殺しをするようなものです。けして許せるものではありません。▼プーチンの親友と称されるロシア正教総主教も人々の安寧と平和を願っているはずです。プーチンに「ウクライナ侵略やめろ」となぜ言えないのでしょうか。宗教家といえども思考と、行動の一致は難しいものなのですね。

衆生の願い

馬耳東風

教員は忙しくてたいへん　増員と教室不足解消を願う

文部科学省は、すべての新任教員が特別支援学校や支援学級で経験を積むことを求める通知を出しました。現場では困難だと頭を抱えています。

文部科学省は、「通常学級に在籍する障害のある児童生徒が増えていることを踏まえ、専門性を持つことが重要」と3月に通達を出しました。

関係者は、現場は教員、教室不足、教職員の非正規率の高さが深刻で、特別支援教育の新採者も多数養成している状況だと説明します。

小学校の特別支援学級をしていたある教員は、「通知は機械的に新任の先生を困難な現場に無理やり投入し、小手先の技術を覚えさせるものに見える」と語りました。

障害のある子の内面をとらえて

特別支援学校の編成は1学級8人以内で、発達障害も様々です。現場は多忙化していて、ベテランの教員でも子どもたち一人ひとりに丁寧に指導するのは困難だといいます。教員は忙しくてゆとりがなく、新任の先生への指導は充分できない。より多忙化して適切な教育を行うことが余計困難になるともいいます。

一筆啓上

ひな祭りで自己を顧みると

踏青《とうせい》？　聞きなれない言葉です。冬が去り、春の息吹を感じながら野山を散策して、たっぷりと春の気分を受け止めることを言います。3月3日は桃の節句ですが、古くは「上巳《じょうし》の節句」でした。「上巳」とは最初の巳の日で3日とは限っていません。『源氏物語』では須磨の巻で、陰陽師を呼んでお祓いをしてもらい、そこで使った「ひとがた」を船に乗せて海に流す、つまり現代の「流し雛」の原型です。

人形は飾るものではなく、自分の穢《けが》れを受けとめさせて流すものだったわけですね。さあってと、自分の穢れ、自己反省ばかりです。

揺蕩《たゆた》うも金魚の昼寝春うらら

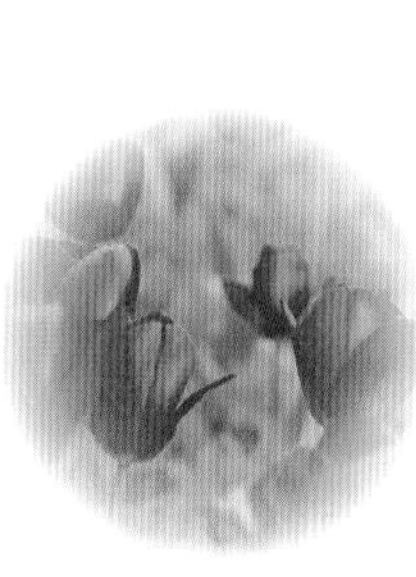

フレッシュタイム②

マスクでの生活が一年以上になり定着してきました。新型コロナウイルス対策でも欧米ではマスク着用に抵抗感を示す人が多いと雑誌に書かれていました。フランスやドイツでは当初「自由の侵害」とデモが発生したとか。▼日本では「マスク警察」まで登場し欧米との生活、文化の違いを感じさせます。マスクが定着した昨今は色々デザイン化されファッションの一部として若者が楽しんでいます。テニスの全米オープンで2度優勝した大坂なおみ選手は、白人警察に暴力を受けた黒人被害者の名前の入ったマスクを着け、人種差別に抗議したのは印象的でした。▼欧米人はマスクで表情が見えないので「不気味」に感じたり、発音が明確に区分されず誤解を生む現象があるとか聞きます。日本では「目は口ほどに物を言い」ということわざがあるように、昔から黙っていても「察して」の行動力を持っています。平安時代、貴族の口を覆うしぐさなどその典型です。コロナ克服のために「福面」で口元を覆い黙って「魔（から）救く」いたいものですね。

マスク生活

馬耳東風

「横田空域」――米軍の特権

米軍機で住民の安全が脅かされています

米軍は「横田空域」で低空飛行、対地上攻撃、パラシュート降下、オスプレイの夜間飛行など様々な訓練を思いのままにしています。

米軍の空域支配世界的に異例

米軍は「横田空域」という「空の壁」を設け民間航空の飛行ルートを狭めています。

横田空域は東京を始め、福島、新潟など1都9県の空を支配しています。羽田や成田に出入りする民間機は、高度2450メートルから7千メートルまで6段階に設定された範囲で米軍の許可がなければ通過出来ません。

そのため定期ルートを設定できず迂回を強いられ、日本の空の主権が米軍によって侵害されています。世界的に見ても異例な事態です。独立国として許されない状態が長年続いているのです。

米軍の権利を定めた「日米地位協定」にも横田空域の規定はありません。横田空域は、「日米合同委員会」という在日米軍高官と日本の高級官僚による密室での協議に基づいてつくられています。

日米合同文書は国会にも非公開

日米合同委員会の合意文書や議事録は原則として非公開で、憲法で国権の最高機関と定めた国会にさえ公開されません。全貌は闇に隠されているのです。ドイツ、イタリアに駐留する米軍は両国の法律に規制され、日本とは雲泥の差です。

「横田基地の撤去を求める西多摩の会」は15年間、２０２３年９月で１７４回の座り込みを行なっています。

一筆啓上

若菜の節会

光孝天皇※は春の野に出かけて行って、若菜を摘んで「君」に贈ったと『古今集』に歌われています。古くから、新春に若菜を摘んで食すると、邪気を払い病気を除くと考えられていました。セリ、ナズナ、ツクシの類で、新春にそれらを食すると邪気を払って病気を除くと考えられてきました。宮中では「若菜の節会」として1月7日に7種の若菜を食して長寿を祈ったと書かれています。若菜を摘んで相手に贈り、相手の長寿を願うやさしさの心使いを学びたいものです。庶民の七草粥《ななくさがゆ》もそれらの一環でしょう。

※光孝天皇（在位８８４～８８７）君がため春の野に出でて若菜摘むわが衣手に雪は降りつつ

福笑い古き友の顔になり

笑顔は周りの人を明るくするわ！

秋子　コロナの中で、プーチンの侵略戦争ひどい。
春男　ウクライナを支援しなければいけないよ。
秋子　こんな時こそ笑顔が必要ね。作り笑いでも。
春男　そうなんだ。笑いは人間だけが持つ武器だ。
秋子　前向きな気持ちにさせる効果もあるしね。

春は来る青と黄色《ウクライナ》の募金箱
満開の桜の向こうに黄の帽子

一筆啓上

すべての命が躍動

「ちつ、ちっちつ、ちつ」。これは北原白秋が聞いた雀が友を呼ぶ声です。春になると小鳥たちが盛んにさえずります。いや、小鳥ばかりではありません。動物も植物も、自然界すべての命の歩みがこの時とばかりに精一杯に謳歌躍動しています。「雀のお宿はどこじゃいな」と、どこかの軒下を捜したのは何時ごろだったのでしょう。いま流行りの家では軒を作りません。雀は巣をつくる所がなくなり、どこへ行ったのでしょう。

日本野鳥の会の調べによるとこの30年雀は3割も減っています。

春は来る青と黄色の募金箱

フレッシュ タイム④

人間はコロナで騒いでいますが自然界はいつものように季節の動きで自分の役割を果たしてきています。

ひと雨ごとに温かさが増し、草木の芽吹きも我先にと競っています。摘み草の時にはちょうど良い季節です。「ツクシどこの子スギナの子」と言ってツクシを摘んで遊んだのは遥か昔です。▼ところが、子どもの頃に遊んだツクシの思い込みは違っていたのです。

ある雑草の本にツクシはスギナの子どもではないと書かれていました。スギナは胞子で増えるそうです。ツクシはこの胞子を作る胞子茎でふつうの植物で言えば花です。▼思い込みは恐ろしいものですね。「公正な競争入札」とか「料金値下げ」とか聞けば普通だったら信じます。政府が今国会に提出した61法案のうち4割にあたる23法案と1条約に誤りがあったというのですから唖然とします。▼安倍前総理の「桜を見る会」の国政私物化などに見られるように官僚の「忖度」「情報隠ぺい」「虚偽答弁」が繰り返されています。この官僚をつくってきたのは菅首相の官房長官時代の人事権です。許されない重大汚点です。

思い込み

馬耳東風

青梅公立小学校 休日の学校開放について

校庭が専用されて

青梅市では、「青梅市学校施設の開放に関する条例」（平成21年4月1日施行）で児童・生徒（市民）の体力や協調性の向上を目的として休日の校庭を開放しています。

現行条例は、年1回数日間の募集期間を設け、諸条件を満たした愛好者グループに門戸を開放する内容になっています。

そのために愛好者グループに属さない児童やその友人・家族・親族などは校庭に立ち入ることが出来ません。

いわば、市から継承された愛好者グループが専用（占用）する状態が続いているのです。

立川市では

近隣の立川市では、市内のすべての児童・生徒を対象に、条例ではなく、使用案内を設け、グループに属する属さないは関係なく、公平に利用時間を配分しています。

青梅市でも近隣市町村の事例を検討して、より多くの児童・生徒が公平に休日の校庭を楽しめるよう見直しをすることが必要になっているのではないでしょうか。

（E氏寄稿　2021・4・10）

一筆啓上

木に春をたすと

木偏に春と書いて椿です。椿が咲くと春が訪れるのですね。古代の天皇が豊後の国で椿の木を切って土蜘蛛を退治した伝説があるように、椿には一種の霊力のある神聖な木として信じられてきました。椿油は古くから食用や灯油として重宝されましたが、女性の髪の毛の艶出しに用いられたのは何時ごろからだったのでしょうね。福井県西部にある小浜の寺に八百比丘尼という木造の像があります。この美しい尼さんは八百年も長生きして、行く先々で椿の苗を植えたといわれています。

びぃひょろと小鳥の笛で舞う椿

フレッシュ タイム⑤

「赤禿」は「あかっぱげ」と読みます。これは「青梅の森」の中にある小高い丘の名称で看板が立っています。説明板によると太平洋戦争以前はここらにアカマツが自生していました。ところが戦時中、航空機の燃料油を採るためほとんどのマツが伐採され、地肌がむき出しになりました。これを根ヶ布側から眺めると、赤く見えたことから「赤禿」と呼ばれるようになりました。▼1945年3月10日の大空襲では東の空が真っ赤に染まっているのがここからよく見えたそうです。この日東京を襲ったアメリカのB29は325機で1万3千発の焼夷弾を投下しました。実に10万人以上が犠牲になりおびただしい数の遺体が、巨大な穴の中に埋葬されました。落語家・故林家三平の妻、海老名香葉子さんの発願で、上野公園に「悲しみの東京大空襲」の慰霊碑が建っています。▼3月11日は東日本大震災から12年（2023年）を迎える日です。また、関東大震災から百年目。トルコ大地震の被災地では懸命に救援活動が続いています。震災は自然現象ですが、戦争は人間が起こした無謀な現象です。プーチンはウクライナを「赤禿」にせず戦争をやめて話し合いをすべきです。

赤　禿

馬耳東風

原発大事故を二度と起こしてはならない

福島の伊東達也さんからの手紙です。伊東さんは原発事故被害者で「いわき市民訴訟原告団長」です。

福島第一原発の過酷事故発生から12年になります。強制避難地域だけでも、8万2千人余りがふる里に戻っていません。小中学校の通学生徒数に至っては、10分の1に減少しています。避難指定区域外を含めた福島県全体を見ても、諸産業はまだ3・11前に戻っていません。

二度と繰り返すな

私たち福島県民は数限りない怒りと悲しみと苦しみの果てに、二度と事故を繰り返してはならないと、裁判に取り組んできました。

私も「福島事故を二度と繰り返してはならない」の一念で全国各地に出向き、「ノーモア・フクシマ」を訴えてきました。ところが、最高裁判所は２０２２年６月に、想定されていたよりも大きな津波が福島事故の原因であって「国に責任はない」との判決を出しました。

続いて日本政府は８月に原発の再稼働を促進し、運転期間を延長して新増設を目指すという剥き出しの原発推進政策を打ち出しました。

被害地の実情を無視し、事故の原因をねじ曲げて原発推進に復帰する道は、福島事故を繰り返す道です。

今こそ最高裁の判決を乗り越える国民運動を起こす時です。福島の地から全国のみなさんへ、「ノーモア・フクシマ」の訴えを送ります。

一筆啓上

豊饒《ほうじょう》の神が宿る桜

種まき桜とか苗代桜《なわしろざくら》と呼ばれるように、桜の花は豊饒を願う神が宿ると考えられてきました。富士山の神様となった木花之佐久夜毘売《このはなのさくやひめ》は、瓊瓊杵尊《ににぎのみこと》と結婚するまで宮殿に治まっていました。ある時、山の神である父の大山祇神《おおやまつみのかみ》の指示で、雲を踏み、霞に乗って紫雲にそびえる富士山の山頂に降り立ち種をまきました。そこから日本の国に桜が咲き乱れるようになったと日本神話では語られています。一休禅僧が語ったとされる「花は桜木、人は武士」のことばは、桜の散り際の見事さを軍国主義と結びつけ、多くの若者の命を奪ったことを忘れる訳にはいきません。

満開の桜の向こうに黄《き》色の帽子

カタカナ語より
わかりやすい日本語

春男　新型コロナウイルスで大変なのにカタカナ語がわからない。
秋子　ロックダウン（都市封鎖）とかクラスター（感染者の集団）ね。
春男　なじみのないカタカナ語で危機感を高めるのはいいが。
秋子　わかりやすい日本語がいいわ。
春男　日本語の危機だ。

万緑や梵鐘音を鎮めけり
飛翔するツバメに似たり米軍機

日本語の危機

一筆啓上

お釈迦様の誕生日に掲げる花

4月8日はお釈迦様の誕生を祝う花まつりの日です。関西や瀬戸内海沿岸部では天道花《てんどうはな》の日です。竹竿の先にツツジやウツギ、フジなどの花を結んで高くかかげる習わしです。天道とはお太陽様《てんとうさま》のことで太陽信仰の行事です。お釈迦様は仏教です。仏教が日本に伝わる前は日本人の心のありようは自然崇拝や心霊崇拝の万物に神が宿る「八百万の神」だったようです。

神とは何か。人は体や心が衰弱した時、何かに縋《すが》りつきたい気持ちになります。この心が信仰心（宗教）と呼ぶものではないのでしょうか。

反戦のポスター掛けし梅一輪

フレッシュタイム⑦

桜の開花宣言から何日が経つでしょう。桜の開花は農耕の節目となって、「種まき桜」「田打ち桜」「田植え桜」と言われてきました。伝統ある小学校には必ず老木の桜の木があります。

近代以降桜は国を挙げて「国花」として扱い、戦前は軍国主義の美学になり、「同期の桜」とか「桜は散りぎわ、人は死にぎわ」と言われました。▼花見と言えば桜ですが、平安時代前は中国に習い梅でした。遣唐使の廃止後日本は自生の花、桜へと関心が移り、『日本後紀』に「花宴の節はここに始まる」と記録されています。▼桜のサの言語は酒、幸、盛と同じだという説があります。中でも「先き群がる」の説は、現代の酒を伴う花見に通じてると思うのは言い過ぎでしょうか。当時の桜は山桜で染井吉野の桜より遅く、もう少し温かい時期です。▼コロナも下火、全面解除。さあ、みんなで散りゆく花の下で酒宴の花見といきましょう。世界の中で満開の花の下で平和な宴会をする国は日本の外にありません。しかし現政権下での税金を使った花見は許されません。

宮沢賢治は「世界中が幸福でないと個人の幸福はない」と言っています。

花　見

馬耳東風

「自衛」の名目で始まる戦争、「ロシアのウクライナ侵略」で多くの命が

ロシアのウクライナ侵略は酷い。ロシアは、女性、子ども、高齢者が避難していた学校や病院を爆撃するなど蛮行が続き、人道危機は深刻です。

ロシアは当初、「ウクライナは核兵器を開発しロシアに脅威を与えている」といってウクライナ侵略を始めました。ここにきて、「ウクライナが生物・化学兵器（ＢＣ兵器）を開発している」との口実で自らがＢＣ兵器を使用する危険が高まっています。

これに対して国連は「ウクライナ無差別攻撃非難の人道決議」を１９３カ国中、日本を含む１４０カ国の賛成で決議しました。反対派は北朝鮮など５カ国。

便乗した軍拡

一方、北朝鮮は新型ＩＣＢＭ弾道ミサイルを発射しました。この暴挙は、核兵器廃絶を求める国際世論に真っ向から逆らうものであり、断じて許されません。

一方で、日本は今回の事態を受け、「敵基地攻撃能力の保有を含めあらゆる防衛力の強化」（鬼木防衛副大臣）に取り組んでいくとしています。こうした軍事対応は日本周辺の緊張を高め、深刻な事態になりかねません。

９条活かす外交

今こそ、憲法９条を生かし話し合いの平和外交をすべきです。日本は日米軍事同盟を解消して、いかなる軍事同盟にも参加しない、非同盟諸国会議に参加するのが本筋でしょう。

一筆啓上

母は強し

「絹さやの筋を取っていたら無性に母に会いたくなった。母さんどうしていますか」と中村みどりさんは日本一短い「母」への手紙に書いています。

5月の第2日曜日は母の日です。「母さん お肩をたたきましょう」とか「かあさんは夜なべをして」の唱歌があったり、「母なる大地」とも言いますね。人生の中で最も身近な存在で忘れられないのが母の存在です。窮地に立たされた時、人は「かあさん助けて！」と叫ぶそうです。縄文土器も女性（母親）を扱ったものが多いですね。まさに母は強しです。

ぼやけ見ゆ老いた身体に花吹雪

フレッシュ タイム⑧

人間世界は新型コロナウイルスで大騒ぎ。人間をよそに自然界は摂理に従って春を満喫し始めました。梅にウグイスホーホケキョと言われていますが、事実は異なり、今の政治と同じでウグイスは藪の中にいてなかなか真の姿を見せません。▼梅が散り桜が咲く時節。安倍元首相の「桜を見る会」は、税金を使い各界功労者などを慰労する会なのに、実態は首相後援会でした。悪質マルチ商法代表を呼び一緒に記念撮影。写真を見せられ、だまされて被害が続出。▼マルチ代表者は昭恵夫人がやる事業の資金提供者だという。国会での追及に首相はのらりくらりと言い逃れ。「桜を見る会」は「森友・加計学園」疑惑、「日報隠ぺい・改ざん」と同じように曖昧にする訳にはいきません。▼本筋の政策論争をすべきだとの声が有りますが、「桜」問題を曖昧に終わらせたら現政権は何をやっても平気だと悪政を思うがままにするでしょう。

ヤブの中

馬耳東風

気候変動が激しいのは、人間に原因がある

私達が未来のために、無駄をはぶく生活を30のアクションで提起したのはノンフィクションライターの高橋真樹さんです。

アクション（行動）

①ペットボトルより、マイボトルを使う。②マイバッグ&マイ容器を使う。使い捨て製品を断る。③できるだけ包装されていないものを選ぶ。④商品の中身を選ぶ。⑤身の回りのプラスチックをへらす。⑥アップサイクルする。自分で作る。
⑦洋服はみんなで使う。⑧ものを大事にする。修理して使う。
⑨地域のものを食べる。⑩食品ロスをへらす。⑪肉の食べ方をみなおす。

⑫ゴミ拾いをする。⑬３Ｒとゴミの分別。⑭生ゴミをコンポストへ。⑮使わない電気を消す。電気の使い方を工夫する。⑯照明をＬＥＤに交換。⑰省エネ家電にする。⑱寒さ暑さコントロール。⑲部屋を断熱する。⑳太陽光発電を付ける。㉑自然エネルギーを使う。㉒電力会社を切り替える。㉓CO_2の少ない乗り物を選ぶ。㉔電気を使わず楽しいことをする。㉕自然とふれ合う。㉖動植物を育て観察する。㉗調べる、仲間をつくる。㉘お金を集め、寄付する。㉙様々な方法で発信する。㉚気候アクションに参加する。

（２０２２・４・24）

夏

一筆啓上

「飛ぶ宝石」とは誰が命名したの

霞川にカワセミがいなくなってどのくらいたつでしょう。いれば何人ものカメラマンがカメラをかざして川辺は賑やかです。カワセミは鮮やかな水色の体と長いくちばしを持って「飛ぶ宝石」「川の宝石」とか呼ばれています。漢字で翡翠《ひすい》と表現するのに納得です。雀より一回り大きく水辺に生育する鳥で、巣っこを土壁に器用にも横穴を掘って作るとか。ここら（本州）では留鳥ですが、北海道は夏鳥、伊豆半島では冬鳥だそうです。サッと一瞬、水に飛び込んで見事に魚を捕える姿は誠に印象的です。

風の香や草矢を飛ばす野辺の児等《こら》

フレッシュ タイム⑨

「ホーホーホタル来いあっちの水はにーがいぞ、こっちの水はあーまいぞ」と歌い、竹ぼうきでホタルを捕ったのは遥か昔。ホタルの飛び交う小川が流れ、その先は田んぼで、ホタルに夢中になって田んぼによく落ちたものです。▼ホタルの光を見て嫌な光と言う人はまずいません。ホタルの光は人の脳波をリラックスさせるアルファ波がたくさんあるというのです。光を発するのは求愛行動で、風がなくて生暖かい暗い夜にその姿がよく見られます。昔、中国の学者が蛍の光で勉強したと言う「蛍雪の功」、学問との取り合わせが面白いですね。▼手に取ったホタルは、ピカー、ピカーと穏やかな光で優しく点滅していますが、ホタルにとっては早く逃げたくて嫌なのかもしれません。桜前線という言葉がありますが、同じように動物では「初見日」があります。ホタルの初見日を確認したいものです。▼「青梅の森」のホタルはゲンジもヘイケもいます。根ケ布川の源流、北谷津に行ってごらんなさい。街灯がない暗い森の中をピカー、ピカーと光る点滅を見ていると日頃のうっぷんを忘れるものです。ゲンジボタルの命名は源氏物語の光源氏にちなんでいるそうです。

ホタルの光

馬耳東風

待遇改善が不可欠　特に女性が苦境に立たされています

非正規職員の増大

行政に携わる正規職員が減らされる一方、児童虐待やＤＶの相談などで業務量が増し、非正規公務員が増大しています。

全国の自治体で働く非正規公務員は69・４万人、うち９割が単年度職員で占め、その４分の３が女性です。正規職員と同等に働きますが、年度ごとの契約で賃金は低く何年働いても昇給はありません。

ハローワークの窓口業務のほとんどは非正規職員ですが、経験を積み、社会保険労務士などの有資格者も多く、職場に不可欠の存在です。しかし、公募により契約更新されないで職を失う職員があり安定的な行政サービスが出来ないでいます。

最近は経費削減のため官が担ってきた仕事を民間に委託する例も増加。

そこにも低待遇の働き手が存在している現状です。

非正規職員の生存権や労働権など人権を保障する無期転換制度を適用すべきです。

非正規公務員の女性たちの声

虐待対応専門職：10年以上勤務するが、月収は新卒採用以下。年間500時間の時間外労働も無手当。

司書：数えるのが嫌になるほどの数の図書館を渡り歩いた。住居手当や交通費もつかない。

婦人相談員：ハイリスクのケースにも対応。女性の自立支援を担うが、自身が年間所得180万円以下のワーキングプアだ。

配偶者暴力相談支援センター元職員：１年更新の不安定さと、自立できない収入。優秀な職員が待遇に力尽きて辞めていく。

※はむねっとホームページから

一筆啓上

小屋を掛ける

少年の頃、崖っぷちにある木に登って遊ぶことが好きでした。枝から枝へそこらにある板切れを渡して、藤ヅルで結わいて座れる床を作る。人間の巣っこ、小屋掛けです。そこでの眺めは地上では得られない視野の広さがあります。下の田んぼでは、腰に手ぬぐいをぶら下げたおじさんが草取りを一生懸命しているのが見てとれます。どんな問題、こちとらはターザン気分。「あーあー」と叫びたいのだ。サイダー瓶に詰めてきた清水坂の湧き水を飲み干し、いい気なもんだ。勉強なんて糞くらえ。

千草仲一草たらんと夏の陣

フレッシュ タイム⑩

緑が深い山々になってきました。庭先をふと見ると朝顔が咲き始めました。

　奈良時代に薬草として牽牛子《けんごし》の名で渡来した朝顔は、江戸時代に改良されて夏の風物詩の代表格になっています。朝顔の種は高価な薬だったことから、金運を引き寄せ富貴繁栄に役立つとか言われてきました。▼大森貝塚を発見した米国人のエドワード・モースは日本人の花や四季への愛着を見て「日本人が世界中で最も深く自然を愛し、そして最大な芸術家であるかのように思われる」と日記で述べています。この頃全国的にコレラが流行し６８１７名が死亡しています。

　その18年前の安政年間にも大流行し、江戸幕府は芳香散というききめのない薬を庶民に施しました。▼今回のコロナ禍で安倍政権は世帯ごとにマスクを2枚配り、場当たり的な政策で、「マスクが小さく不評」と外国メディアまでもが報道しました。コロナ危機はまだ収まりそうもありません。日本人は「お辞儀文化」で「キス文化」「ハグ文化」もありません。手洗い、うがいをしてマスク、窓を大きく開けて換気。コロナの防御策です。それにワクチン接種とくれば鬼に金棒さ。

お辞儀文化

馬耳東風

「豊かな学校文化を取り戻し、学び合う学校にするために」

──小学校長の提言

現役の小学校の校長、久保敬さんが大阪市教育行政への提言をして反響を呼んでいます。（抜粋）

生徒も先生も大変な教育の現状

子どもたちの豊かな未来を幸せに生きていくために、公教育はどうあるべきか真剣に考える時がきている。

子どもたちは、テストの点によって選別される「競争」にさらされている。そして、教職員は教職の本質に根ざした働きができず、仕事に追われ疲弊していく。「運営に関する計画」も学校協議会も大きな効果をもたらすものではない。

オンライン授業も場当たり的に進められ学校現場は混乱、保護者、生徒に大きな負担となっている。

中高生の自殺が増えている

コロナ禍の現在、中高生の女子の自殺が増えている。子どもたちに生きづらくさせているものは何かを、大人は真剣に向き合わなければならない。

グローバル化により激変する社会を生き抜く力をつけなければならないと言うが、そんな社会が間違っている。過度な競争に打ち勝った者だけが「評価」される、そんな理不尽な社会であっていいのか。

子どもたちが伸び伸びと学べる

教職員は子どもたちに1点2点の数値結果を求めるのではなく、子どもたちの将来を見据えた今の時間を一緒に学び、楽しみたいのだ。

一筆啓上

あんま釣り

「あんま釣り」とは奇妙な名前の釣り方です。目の不自由な人でも釣れるという事らしいのです。浅瀬の中に入り、釣り竿を流れに添って流すのです。勿論、糸の先にはその川で取った川虫を付けておきます。水が生ぬるい夏の真昼の川ですから、魚も下流から上流へ喜んで上って来るのを捕まえようとする作戦です。面白いほどバカッパヤが釣れるのです。グググと引く魚の感触はとても気持ちの良いもので何十年経っても忘れられません。とにかく気持ちが良いのです。ああーあんま釣りがしたい。

鬱《うつ》の世の雑念聞こえじ蝉時雨《しぐれ》

フレッシュ タイム⑪

熱中症に気を付けて　汗をかくことが大切。

秋子　夏は暑くてやだわ。どうにかならないかしら。
春男　血液量を増やす、汗をかくと良いというね。
秋子　熱中症にならないための逆療法ね。
春男　一日15分ぐらいの早歩きで汗を出す。
秋子　終わったらコップ一杯の牛乳を飲むのが肝心ね。

コロナ夏幻《ぼう》に聞こえる囃子《はやし》連《れん》
ぶっちぎれその草獲れよ蟷螂《かまきり》殿《どん》

汗をかく

一筆啓上

蚊《か》帳《や》は廃語か

蚊帳の外ということわざがあります。仲間はずれにされていることや事情を知らされない部外者の立場のことをいいます。現実は厳しく蚊帳の内側に入れてもらえず、蚊帳の外にいたら蚊に刺されて痒くて痒くてたまりません。そういう時は蚊取り線香を焚くのです。除虫菊から作られた日本の蚊取り線香は今でもマラリアに悩む国から歓迎されています。さらに蚊帳は殺虫剤を練りこんだ「ハイテク蚊帳」も風通しが良いと歓迎されています。兵器産業でない日本の「もの」は世界が感謝です。

鬼百合も平和地蔵に頭《こうべ》垂《た》れ

フレッシュ タイム⑫

「自粛警察」「コロナ狩り」の突飛な言葉まで出てくるご時世にあ然とします。感染者が出たという風評被害がこうした言葉を生み出し、誹謗中傷、差別を生み出しています。言論の自由ある限りデマは発生しますがデマでなく現実として新型コロナウイルスの影響で解雇・雇い止めが増え続けています。▼厚労省は５月12日時点で累計２万４千６６０人のコロナ解雇があったと発表しましたが、その後の手立てはされていません。アルバイト、派遣社員などの非正規雇用者犠牲になって明日の食事代にも事欠く始末です。▼生活が立ちいかなくなった人たちにもっと政治の光を当てるべきです。憲法25条は「健康で文化的な最低限度の生活を営む権利」を国民に与えています。ですから生活保護を受ける権利は当然あります。コロナで心まで蝕まれてはいけません。あきらめず生活に困ったときは誰に遠慮なく生活保護を申請すべきです。

コロナ解雇

馬耳東風

沖縄普天間基地　授業の一割が聞こえない騒音

アメリカの言いなりになるな

日米両政府は、沖縄の普天間基地の代替へという名目で、名護市辺野古の海に最新鋭の米軍基地を造ろうとしています。

沖縄では、辺野古埋め立ての賛否を問う昨年2月の県民投票で「反対」が7割、今年（2020）6月の県議選でも反対派が過半数を占めました。政府は県民の意思を尊重すべきです。戦後75年経つのに、日本の国土面積約0・6％の沖縄に米軍施設の70・6％があります。

銃剣で強制接収

沖縄では自ら基地を提供したことは一度もありません。米軍が武器を盾に住

民を追い出し、強制接収したのです。

辺野古の海はジュゴンをはじめ絶滅危惧種２６２種を含む５８００種の生物が確認出来るかけがえのない貴重な海です。

普天間基地周辺の学校では、一日の授業時間の一割は米軍機の騒音で先生の声が聞こえません。

このままで良いのでしょうか。事故も絶えません。２０１７年12月には、米軍ヘリから保育園に部品落下、小学校にも窓枠が落下。１９７２年以降、事故１４０件以上です。

一筆啓上

縁側で夕涼み

夕闇が迫る頃、庭の片隅で盥《たらい》の行水につかる。さっぱりとした後、浴衣《ゆかた》を着て縁側で夕涼みとしゃれこむのは昔の話。今の世知辛い世の中は、植木を植えこんだ庭のある家なんて贅沢《ぜいたく》の極みです。行水《ぎょうずい》はいまや小さい子供の水遊びです。今の新築の家は縁側などというゆとりのある空間を造りません。浴衣を着て夕涼みをする輩もいません。冷房の効いた部屋でスマホをいじり趣味に好じているのが関の山。昔と人の心のありようが変わって来ているのをどう読み取ればいいのでしょうか。

青蛙葉陰で一者哲学者

フレッシュ タイム⑬

今年の夏は6月から真夏の陽気になりました。クーラーを使うのは早すぎると思って、本棚に立てかけてあったうちわを使うことにしました。表側は朝顔の花と金魚が描かれ、裏側を見てビックリ。何と参議院議員選挙、投票日7月10日と書かれているではありませんか。▼6年前の参議院選挙も7月10日だったんですね。クーラーの冷房が普通になってうちわを使う機会が薄れています。縁側に出て浴衣姿でうちわで夕涼み。日本情緒たっぷりですね。▼しばらくすると「さあって寝るか」と座敷の蚊帳の中へもぐりこんだものです。蚊帳も過去の遺物となり、蚊帳の外の意味を若者に聞いても「それなあに？」です。そのうちうちわも廃語になる?心配ですが、うちわは盆踊りや観戦のイベントに使われ大丈夫なようです。▼安倍首相が銃撃されて死亡。許せるものではありません。岸田首相は「安倍元総理の意志を受け継ぎ、拉致問題や憲法改正など…難題に取り組んでいく」と。憲法改正はどの世論調査でも少数で、国民は憲法9条の平和と自由を願っています。蚊帳の外に置かれているのは岸田政権で、アベノマスクを捨て去るべきです。ましてや8月は原爆投下、終戦の月です。

蚊帳の外

馬耳東風

100周年　日本共産党創立（7月15日）

平和と自由、社会進歩をめざして前身

二〇二二年七月十五日、日本共産党創立１００周年を迎え志位委員長は「党の歴史は、今に生きる力を発揮している」と発言しています。３名の方の祝辞です。

どんなことでも続けることは大変なことです。自由に発言できない時代に戦争反対と訴えていたことは、並大抵のことではないはずです。

いまの時代は多くの人たちに支持される存在になりました。でも主張はぶれていません。これからも「庶民の味方」としてたよりにしています。

海老名香葉子（エッセイスト）

１００年続いた政党というのは、世界的にもすごいことです。ジェンダー平等や気候危機など日本がいまだ立ち遅れている問題に正面から取り組み努力している点が突出しています。

あまり共産党を知らなかった人たちが関心を寄せ始めたことは、山添拓当選にも表れました。

中野晃一（市民連合・上智大教授）

この百年をふりかえるとき、小林多喜二を思う。特高にとらえられ、拷問死をとげている。創立百年にあたり、見えないところでこの党を支えたのは女たちである。多喜二の母、田口タキ、地下活動中に妻になった伊藤ふじ子、女たちが百年を支えている。（投稿・抜粋）

澤地久枝（作家）

一筆啓上

唐から来たウリ

正岡子規は故郷で結核療養中に、糸瓜《へちま》から取った水を飲んで生を癒していたといいます。絶筆三句の一つに「糸瓜咲いて痰のつまりし仏かな」があり、読書のために命を削ることを厭わなかったと書かれています。糸瓜は江戸時代に唐天竺《からてんじく》から渡来し、トウリと呼ばれていましたが発音しにくいというので、トウリのトはイロハの順番イロハニホヘトチで行くと「ヘ」と「チ」の間なので「ヘチマ」と呼ばれるようになったとか。まさに落語の世界ですね。

短冊に幼き頃の夢託す

フレッシュ タイム⑭

マスク着用は　熱中症に気をつけないと

秋子　暑い夏にマスクなんてうんざりね。
春男　そうなんだよ。誰もがそう思うよ。
秋子　人と2メートル離れたらマスクを外していいわ。
春男　高音多湿の時は特に注意だね。
秋子　のどが乾いていなくても水分補給が大切なのよ。

蜩や入道雲と狂詩曲
童たちお地蔵さまにもマスクつけ

熱中症

一筆啓上

「黄金バット」はヒーロー

蔵の脇の広場は子どもたちの良い遊び場で、夕暮れ迫る頃紙芝居の小父さんが自転車を引いてやってきます。拍子木を打ち、荷台に備え付けた木箱から、水飴、ジャム、ソースを付けた煎餅を取り出し、子どもたちに小銭で売ります。小父さんは頃合いをみはらかって「黄金バット」を始めます。お菓子を買えない子どもたちがすごすごとその場から遠ざかっていきます。「ただ見」を許さないと小父さんは言ったかどうか。紙芝居を見られない子どもたちにとっても「黄金バット」はヒーローでした。夕日が皆んなの影を伸ばしています。

空蝉もジッと聞き入る拍子木音

フレッシュ タイム⑮

焼夷弾と原爆

すごく明るくなったと思ったらまた真っ暗になった防空壕。アメリカのB29爆撃機が焼夷弾を田んぼに落とした瞬間の記憶です。田んぼは水がはってあって焼夷弾は爆発しませんでした。戦後、子どもたちは八角型の焼夷弾のかけらを投げ合って遊びました。4歳半の記憶です。▼「パッと電灯が消え真っ暗になった。あっ、直撃弾だ…地上も空も真っ黒い煙だ。ふと見ると、まる裸の男が仰向けに倒れて…」これは人類初の原子爆弾が投下された瞬間を記録した野村英三さんの記事です。▼広島・長崎が被った原爆被爆の惨状を、今まで多くの人たちが語り、記録に残し映画や詩で表現してきました。その努力と情熱は買いますがそれらは事実からすれば雲泥の差、いやそれ以上です。一瞬にして広島で14万人、長崎で7万4千人の尊い命を奪ったのですから。▼原爆の惨劇を知りながら、世界の大国は依然として核兵器所有に執着し、政治利用をしています。日本では日本の侵略戦争を知らない世代が多数です。今年も「核兵器のない平和な世界を」求めて原水爆禁止国民平和大行進が行われました。コロナ禍でも自分達の安全と平和を追求し歩んでいきたいものです。

馬耳東風

「憲法9条」日本と世界の宝　改憲に注視

1945年、8月15日に日本は終戦を宣言。それからというもの憲法9条の戦争放棄を守ってきました。

日本国憲法世界の中で最先端

日本の侵略戦争、第2次世界大戦はアジア諸国民2千万人、日本人310万人の尊い命を奪いました。

この悲惨な体験を踏まえて、戦後二度と戦争をしないことを世界に誓い、日本国憲法が制定されました。なかでも戦争放棄を制定した憲法9条は、戦後、戦争への歯止めとなり大きな役割をはたしてきています。

改憲の動きを注視しよう

首相は「任期中の改憲」を繰り返し公言しています。日本維新の会は改憲の

突撃隊として動きを強めています。

自民党は改憲として①憲法9条への自衛隊の明記②緊急事態条項の創設をあげています。

改憲の最大の狙いは9条です。世界有数の戦力を持つ自衛隊ですが、憲法9条2項の「戦力不保持」に「違反」しないとされてきました。理由は、日本に対する攻撃の排除だけで海外派遣兵や集団的自衛権の行使はできないと解釈してきました。

それが自民党案では9条2項の戦力不保持を残して「自衛の措置」を「妨げず」として、この項目の空洞化で、海外での武力行使を可能にする方針です。

緊急事態条項とは

「緊急」を口実に権力を内閣に集中させる独裁制で、現代の「威厳令」です。内閣による人権制限で「立法」も可能になります。

一筆啓上

つくづく惜しい

ツクツクボウシが鳴くと、この暑い夏も終わりに近づいたなあと思うのです。ツクツクボウシを「和訳」すれば「つくづく惜しい、つくづく惜しい」と夏の終わるのを惜しんで、残念に思っているのです。ツクツク「法師」ともしたため、過ぎ行く思い出の夏を仏教思想の無常観で表しているかのようです。昔の子どもたちは真夏の暑い盛りに、いい加減な虫かごをぶら下げ、網竿をふりまわし蝉取りに興じたものです。夏の宿題の絵日記には、必ずと言っていいほど蝉と網竿が一対になって登場していました。

夏空に平和を願わん観音像

在日朝鮮人に謝罪

山や丘陵の深緑が目に染みて引き込まれそうです。なだらかな低い山並みを丘陵と呼びます。山並みと丘陵との区別はあいまいではっきりしません。▼人間も同じで、どこの国に生まれようが、どんな皮膚で誕生しようが人間に変わりはありません。ところが知恵がつくと人間は他人との区別を意識します。さらに悪知恵で差別を生みます。▼黒人が白人警官に殺される事件がアメリカでありました。日本では在日朝鮮人に対する嫌がらせが今だに頻繁に起こっています。特定の民族などへの憎悪を表す暴力的発言のヘイトスピーチはけして許せません。▼在日朝鮮人の多くは戦前、日本に強制的に連れてこられ、劣悪な環境で炭鉱等で働かされました。賠償して罪をつぐなう贖罪は日本人なのです。コロナ禍の中、最初にコロナが確認された中国武漢に関連付けて「中国人」は出て行けと書かれた手紙が横浜の六店舗に届いたのです。許されない行為です。

馬耳東風

電気料金の中の「再エネ発電賦課金」とは何？

黙っていたらどんどん電気料金が上がりますョ

まずはあなたの「電気使用量のお知らせ」を見てください。料金内訳に「再エネ発電賦課金」とありますね。ほとんどの人はこの項目に気がついていません。気がついていても明細は分かりません。

「賦課金」とは税金より強制力があり一方的に取られるものです（税金には減免もある）。では「再エネ発電」とは何でしょう。「再生可能エネルギー促進発電」の略です。再生可能エネルギーとは太陽光、風力、地熱、水力、バイオマス等を使う自然エネルギーのことです。電気の大原則は必要量に合わせて一定に送り出されるものです。

ところが「再エネ発電」は自然に左右されて曇り空では太陽光からの発電は

出来ません。

そこで考え出されたのは原子力による発電です。

原子力発電の原子炉は核兵器用と同じもの

政府は２０１１年「再エネ特別措置法」を成立させ、一般家庭からも再エネ発電を負担させることになりました。これが賦課金です。

賦課金は２０１５年では１ｋｗ35銭。２０２０年２円95銭と年々単価が上がっています。

秋

一筆啓上

首筋をコチョコチョ

確かにこの草の穂を取ってきて、猫をじゃらして見ると良くじゃれます。猫はその後も何かとじゃれつきます。要《よう》は遊んでもらいたいのです。猫と名前が付けられていますが、穂のふさふさした感じが犬ころのしっぽに似ているところから、狗尾草（えのころぐさ）と呼ばれるようになりました。英語ではフォックス・テイル＝きつねのしっぽです。この可愛い草は熱帯地方から温暖地方まで世界中あらゆるところに見かけるようです。小さいころ道ばたの穂を取って、遊び仲間の首筋を撫でたものです。

白首をそっとダイブぞ猫じゃらし

フレッシュ タイム⑰

旧暦8月15日の満月は中秋の名月です。ちょうど里芋の収穫時期にあたり、芋名月とも言われています。「でたでた月が　まるい　まるい　まんまるい」と小さいころ歌いましたね。月は日本人にとって秋を告げる大切な候の一つでした。満月の前後には、十三夜、子望月《もちづき》、十五夜、十六夜《いざよい》、立待月《たちまちづき》、更《ふけ》待月、居待月、寝待月、と一夜一夜に名をつけるほどめでていました。▼「春は曙」の清少納言は、秋の夕暮れの雁が飛ぶ様子や風の音、虫の声は素晴らしいと書いています。人間社会が発展しすぎて、世知辛い世相がはびこり、すべてが儲けに繋がり、カネ、カネ、カネの世の中です。▼「月が出た出た　あんまり煙突が高いので」との歌詞は盆踊りの定番の『炭坑節』。盆踊りはご先祖様の霊、特にこの一年に亡くなった霊は現世への執着が強いので、念入りに供養するのです。何も考えないで盆踊りに興ずることは、日常の憂さ晴らしの絶好の機会です。

名月や 名月や

馬耳東風

幸せに長生きするために　握力を気に掛けよう

握力と寿命の関係

高齢者にとってペットボトルの栓が開けられない時がきたら大変です。

それは、呼吸の時の筋肉・内臓等の一本一本の筋肉の力が弱っていることを示しています。

握力と寿命は日本の年齢構成の平均と似ていると言われています。

福岡県久山町と九州大学の60年間の研究で「握力が弱いと寿命が短くなる」事が分かりました。

握力をつけるには

握力をつけるには、驚いたことに下半身の筋肉を鍛えることだそうです。

「歩く」などして全身の大きな筋肉を継続して動かすと、体内で筋肉を合成する物質ＩＧＦ－１が作られ、筋力アップ。

男性65歳以上29・5kg未満。女性65歳以上16・0kg未満は筋力低下が疑われる目安とされています。

きつい運動でなくても握力を保ち健康な体を作る方法があります。

①スクワット

足を肩幅まで開いて立つ。膝がつま先より出ない。身をゆっくり沈める。

②ウォーキング

１日３千歩とか30分。けして無理をしないで。（健康友の会・i氏）

一筆啓上

春より秋の方が…

朝晩の冷え込みがめっきり厳しくなった頃、穏やかな晴天が2、3日続き春を思わせるような日和です。こんな日を小春日和と言うのでしょうか。かさこそと落ち葉を踏みしめ森を散歩すると日常の煩雑《はんざつ》さを忘れさせてくれます。平安時代の歌人は春より秋の方が詩情を誘われたようで、『古今和歌集』の歌でも秋の方が春より多いのです。落ち葉の形が崩れたような色合いを朽葉色《くちばいろ》と表現します。日本の四季循環の中で、最後の輝きを見せるこの色合い、四八色を歌人たちは「もののあわれ」として美学にまとめ上げたのはさすがです。

渡り鳥山懐《ふところ》にいだかり寝

フレッシュ タイム⑱

「菌は決して死ぬことも消滅することもないものであり、数十年の間、眠りつつ生存……どこかの幸福な都市に彼らを死なせに差し向ける日が来る」とはカミュが書いた『ペスト』の最後の段落です。▼73年前の1947年の作品です。今日、ペストではないコロナという菌が人間を襲う。無遠慮な疫病は人間社会に関係なく感染に狂奔しています。▼運悪く感染した人・家族を非難するいじめはやめてほしいものです。マスクをしない人をとがめる「マスク警察」など行き過ぎです。コロナの影響で非正規労働者中心に失業が5万人を超えました。▼お金がないため受診を控え、持病を悪化させる事例が各所に続発しています。▼受診の控えは医療機関の経営も直撃して、収入減少は2～4割にのぼるという統計もあります。「受診控えは国民生活が苦しくなっている表れで、国が安心して受診できる免除制度などの環境整備を整えるべき」とは全国保険医連合会の話です。

コロナの影響

馬耳東風

コロナ禍　住まいを失う人が増えています

失業と収入減　家賃の補助制度があれば助かります

コロナの影響による収入減や失職で住まいを確保できなくなる人が相次いでいます。

非正規雇用者を中心に5万人以上が失業しました。仕事を失ったとたん会社の寮を追い出されたり、強制退去を命じられたりしています。公的住宅の家賃滞納も増加しています。住宅供給公社には家賃減免制度がありますが「分割払いの協議」要請にとどまっています。

UR都市機構は家賃を3ヶ月滞納すると明け渡しを求め強制退去をさせられています。17年度は約３８００件、18年度は約３０００件にのぼりました。

不十分な給付金制度

住宅確保給付金制度があります。65歳未満で離職から2年以内などの要件が厳しくなっていましたが、コロナ危機の中で改善されました。しかし、制度は不十分で敷金・礼金などの支援はありません。

「市場重視」「住宅は自己責任」という現在の政策では、安心して住宅に住み続けられません。

一筆啓上

落ち葉の中の幸福感

シャンソンの「枯葉」はフランス語でフォイーユ・モルト、英語ではオータム・リーフと表現され、日本人にも親しまれています。枯葉の色合い、朽ちた落ち葉の色を平安貴族は大変好み、美の典型として染《そめ》、織《おり》、襲《かさね》（重ね着）に用いられたと伝えられています。静かな森に入って落ち葉の中に身を沈め、晩秋の空の青さに吸い込まれていくと、この世とは思えない幸福感を覚えるのです。耳を澄ますと、梢で小鳥たちが盛んに木の実をつついて飛び回っています。今の時代、残念ながらこの自然を満喫するご仁が極めて少なくなってきたような気がしてならないのです。

木漏れ月落ち葉の中に身を鎮め

食欲の秋
美味しく食べられる！

秋子　名前とお腹が一致する季節だわ。
春男　いい気になってあまり食べないことだ。
秋子　最初に野菜類。次に魚や肉の蛋白質。パンや米は最後だって。
春男　この食べ方は血糖値を上げない方法だってね。
秋子　甘いもの大好き。食べすぎは厳禁だわ。

秋深く子犬に薄着のはだ着きせ
ここかしこ俺《おら》が天下だ葛の山

一筆啓上

最後の瞽女《ごぜ》、小林ハルさんが残したもの

瞽女とは「三味線を弾き、唄を歌うなどして銭を乞う女」（広辞苑）とあります。小林ハルさんは明治33年（１９００年）生まれで、平成17年１０５歳に逝去された最後の瞽女さんです。瞽女は室町時代頃から当時のはやり歌などを歌い村人を楽しませてきた盲目の女性です。明治以降は新潟県長岡と高田だけに集団として残り、小林ハルさんは９歳から師匠に連れられて旅回り。廃寺に寝かされたり、山中に一晩中おきざりにされるなどの厳しい修行を積んできました。昭和53年瞽女歌伝承者として無形文化財保持者に選ばれています。

うりぼーも衣替えする白露かな

フレッシュタイム⑳

高い秋の青空、無風状態。かさかさと落ち葉を踏んで森を歩くと心が洗われる感じがします。青梅の森の高い梢の下の草紅葉。今までただ無関心に通り過ぎていた小路に「見て下さい」と言わんばかりです。青梅の森は20年前、永山北部丘陵と呼ばれ宅地開発が業者と青梅市に計画されていました。▼自然を守ろうという市民運動によって開発計画はとん挫。緑は守られ「青梅の森」と命名されました。

東北の白神山地と同じように「特別緑地保全地域」に指定され、道が良く整備されていて市民の散歩コースとなっています。▼ところがこの緑の破壊者が現れたのです。カシノナガキクイムシ。樹木の伝染病でこのムシが数千単位でナラの木に入り込んで枯れさせるのです。高台に登って見るとあちこちの木が枯れています。数年前にはみられなかった現象です。これも温暖化のせいでしょうか。

森の散歩

馬耳東風

「トー横キッズ」に来る若者たち！

新宿歌舞伎町シネマシティー広場に集まる少年少女たちは、自分の居場所を求めて集まってきています。その多くは家出です。家庭での虐待、孤独感など自責の念にさいなまれ違法のドラッグ（麻薬）使用やリストカット（自傷行為）をしています。この頃は「トー横キッズ」というブランド化が進み、行けば面白いだろうの雰囲気づくりがされています。玄秀盛氏が造った「日本駆け込み寺」は困った少年少女や出所者のお助けマンとなっています。

介護保険の大改悪を中止させよう　軍事費をまわせ

政府は3年に一度の介護保険の見直しを行い、年内（2023年度）にも利用者負担の増額を検討しています。

宮本徹議員（共産党）は「これは介護保険の大改悪だ」と批判し、国会の中で政府の姿勢をただしました。

宮本　「介護という最も支えが必要な時に、介護を取り上げる。制度の持続を言うなら、軍事費2倍ではなく、介護保険の国庫負担を増やして、国民の暮らしこそ支えるべきだ。」

厚労省が示した介護改悪の論点

・介護保険サービスの利用料2～3割負担の対象拡大
・要介護1、2の保険給付外し
・ケアプランの有料化
・老健施設などの相部屋（多床室）の有料化
・保険料の給付年齢の引き下げと利用年齢の引き上げ
・補足給付の資産要件に不動産を追加
・「高所得者」の保険料引き上げ

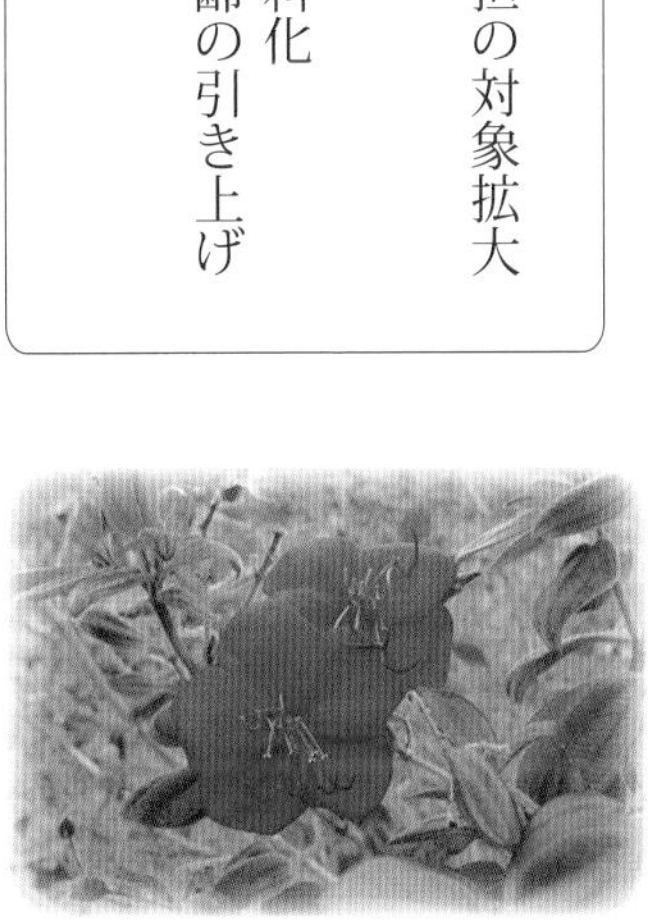

一筆啓上

紅葉《もみじ》

寒くなり木の葉も冬じたくを始めます。紅葉や楓《かえで》も緑から黄色や赤に見栄えを変えています。楓は高尾紅葉《たかおもみじ》とか色見草《いろみぐさ》、龍田草《たつたそう》とも言われていますが、紅葉は「黄葉」とも書き、万葉集には１１８首も収録されているとのことです。色別けも「青紅葉」「黄紅葉」「紅紅葉」と様々です。日本には30種近くが自生し、紅葉の渓谷美は非常に美しいものです。昔から文様としても活用され「流水紅葉文様」とかシカを配した「楓鹿文《ふうろくもん》」が知られています。風の神様で知られる奈良の龍田大社では神文にしています。

影長く雀たわむる苅田道

フレッシュ タイム㉑

沖縄のデニー知事は強い怒りのコメントを発表。沖縄では先月末から米兵によるタクシー強盗など凶悪事件が多発しています。報道機関は米国でのバイデン氏当選を大きく報道しましたが、沖縄での凶悪事件報道は現地新聞と「赤旗」のみです。▼菅首相はバイデン氏当選で日米同盟のさらなる強化を示しましたが、日本の代表だったら沖縄事件での抗議が先でしょう。オスプレイやグローバルホークなど軍備強化の昨今、基地周辺では騒音で授業や文化行事を一次中断しています。コロナ禍でも軍事費は過去最高の予算要求。文化の日はあっても文化なし。文化予算はフランスの9分の1、韓国の10分の1。唖然とします。▼23日は勤労感謝の日。働いてこその感謝の日。完全失業者は２１０万人。コロナで解雇・雇い止めが深刻です。特に非正規雇用はハローワーク集計1月~10月で7万人超です。「無給のまま休業が続き、解雇されたパート従業員」など統計上は現れません。政府のきめ細かい対策が求められます。

文化なし

馬耳東風

政権は監視・強権を着々と進める

デジタル庁の新設でマイナンバーカードと結びつける

政権がデジタル化を急ぐ狙いは監視社会の構築にあります。いま世の中は携帯電話とスマートホンなどの情報で動いていると言っても言い過ぎではありません。

菅政権はデジタル庁の新設を急ぎ、社会のデジタル化構築を目指しています。

デジタル化を急ぐ狙いは何でしょう。それは監視社会・強権政治の外ありません。

携帯電話会社を牛耳り、スマートホンなどの情報やデーターを集約できる態勢をつくり、国民を政府の監

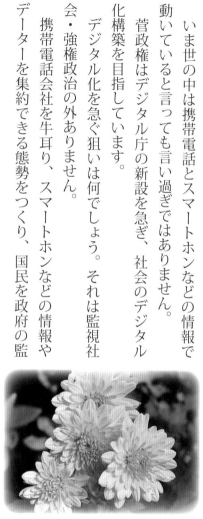

視下に置こうとしているのです。

さらに首相は「マイナンバーカードの普及促進を一気呵成に進める」（「論座」）と発言していることに注目せざるを得ません。マイナンバーカードをひとり一人に持たせ住民票などをコンビニ等で交付する証明カードにするだけでなく、クレジットカードや銀行口座各種ポイントカード、診察券、お薬手帳などの機能を付けることが政府で検討されています。

政府はこれらの情報をＡｍａｚｏｎに一任しようとしています。一国のすべての個人情報が外国企業に握られるこれで大丈夫なのでしょうか。不安です。

一筆啓上

藁ぶき屋根の家

日本画の巨匠河合玉堂は青梅に引っ越してきて、農村の風景を好んで描いていたようです。今では見られない茅葺屋根《かやぶきやね》の家。家の脇に竹やら杭棒、背負子《しょいこ》が立てかけてあります。庭にはたわわに実った柿があり、家庭菜園の畝《うね》が見えます。陽のさした軒下ではお年寄りとこどもが寄り添い、筵《むしろ》の上で何かを小槌で叩いています。こうした生活感のある画風に合うと、貧しいながらも平和で和やかな日々の暮らしを感謝しなければとの思いに駆られるのです。

チョッキリとドングリころげ露時雨《つゆしぐれ》

占いサイト
高額請求に注意！

秋子　友達が占い師から高額な品を買わされたわ。
春男　そうなんだ。占いで氏名登録、悪用される。
秋子　国民生活センターへの相談が増えているわ。
春男　相談の８割は女性で、最初の無料が怪しい。
秋子　すぐ有料になるわ。メールアドレスに注意ね。

隙間地に陽光あらんと種をまく
宝飾の窓辺に映る影ひとつ

占いサイト

一筆啓上

赤とんぼ

「十五で姐《ねえ》やは　嫁に行き　お里のたよりも　絶えはてた」と歌う『赤とんぼ』は、五歳にして母親と離別して祖父に育てられた三木露風が作詞しました。函館トラピスト修道院で、自分で背負った「子守り」を思い出して創っています。作曲は山田耕作ですが、彼も養子に出され印刷工をしながら苦労して夜学で学んでいます。「負《お》われてみたのは　いつの日か」に込められたメッセージは、貧しい家に育ち、小さい頃からお金持ちの子の「お守り」に出された辛さを「赤とんぼ」に託したのでしょうか。

秋天に遠くで響く太鼓の音

フレッシュタイム㉓

赤トンボが庭に飛んできました。秋になると山から里におりてくるのです。山が朝夕冷えてくるからでしょうか。トンボは「勝虫」の別名があって武将たちに愛されました。前にしか飛ぶ習性がないこと、幼虫から成虫になるに従い名を替え。棲み変えるために立身出世に通じるとされたのです。▼あのギョロリとした目で見られる小さな虫たちは立ちすくみトンボの餌食となるのです。これこそ弱肉強食の世界で、人間世界でいう新自由主義です。私たちの求めているのは、命と暮らし向きの「安心と希望」。▼立身出世は仲間を蹴落とし自分だけが良い思いをする個人主義です。コロナ禍での個人主義は格差と分断を生み、大多数の人達を苦境に追い込んでいます。経済成長を主にしたアベノミクスは政治の私物化で、引き継いだ菅首相は無責任にも政権を投げ出しました。▼トンボが羽化できる小川が暗渠《あんきょ》となり、あっても3面コンクリート造りの川では、ヤゴは生き延びられません。政治世界での勝虫、森友・加計、桜を見る会での暗渠化はボディーブロウとなって効いてきます。岸田首相「政治不信は国民の大切な声」と言うが実行はどうなりますか。

勝　虫

馬耳東風

オスプレイ　一歩間違えば大惨事　何も言わない国と都

オスプレイの飛行音は普通の飛行機とは違って人間の耳につんざくような音です。オスプレイは、要人殺害などを任務とする特殊作戦機で、必要以上に危険な訓練を課されています。この特殊機は横田基地周辺はもとより、奥多摩湖では山すれすれに低空飛行。低空飛行は横田基地周辺の住宅街でも行われホバリング（空中で停止）を続ける無法ぶりです。夜間にも訓練が続けられ、周りの住民から苦情が殺到。日米地位協定に基づく話し合いでは住宅地、学校、病院等の上空は飛ばないと合意されていますが、米軍はまったくの無視です。

さらに危険なのは米軍ヘリコプターが新宿の都庁を目印に低空飛行していることを赤旗新聞記者が捕えました。

やりたい放題の米軍

都心上空は米軍機提供空域ではなく、ルートは米軍が勝手に設定したものです。

「麻布米軍ヘリ基地撤去の会」では騒音被害、墜落危険を訴え、防衛省や都に対策を求めてきましたが、「飛行ルートは米軍の運用にゆだねられているので関与できない」との冷たい返事

「安心していられない」

冬

一筆啓上

大きく飛躍したいものです

「兎追いしかの山　小鮒《こぶな》釣りしかの川」と歌われる『故郷《ふるさと》』は、誰もが郷愁を誘われるみんなの歌になっています。この歌は大正3年、尋常小学校（6）に掲載された文部省唱歌ですが、今でも歌い継がれてきたのですね。戦前まで青梅の丘陵地帯では、みんなで兎を丘陵の下から丘陵のてっ辺まで追い詰め、捕まえていたという話を古老から聞きました。月の黒い影を「兎が餅つきをしている」というロマンを誰が最初に語ったのでしょうか。

卯年《うどし》は大きく飛び跳ね飛躍したいものですね。

イヌフグリ大天井にご挨拶

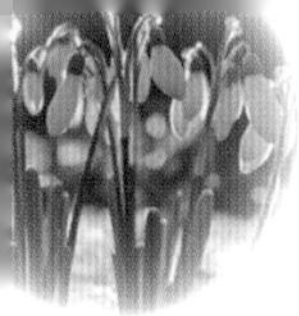

フレッシュタイム㉔

僧侶も忙しくて走る師走。大掃除をしなければ新年を迎えられませんと思うのは日常の生活をよしとする庶民の感覚。いや、昔の感覚といっていいかもしれません。障子を張り替える面倒な家も少なくなってきました。日常生活が合理化されカネさえあれば何でも手に入る世の中。▼面倒なことは避けて通りたいのが今の常。でも世の中には面倒なこともあるのです。12月24日はクリスマス・イブ。子どもたちはサンタさんの贈り物を楽しみにしています。ウクライナの子どもたちも同じでしょうが、砲弾というシロモノではたまったものではありません。▼ロシアがウクライナに一方的に戦争を仕掛けたのは２０２２年2月24日。もう10ヵ月です。ロシア経済は欧米などの制裁が長期化し、停滞の一途をたどっています。

▼ロシアの一般人はウクライナ侵攻を望んでいないはずです。息子や兄弟が戦争で死ぬのを嫌がっています。プーチン政権の一方的「帝政ロシア帝国」再現の妄想から出てきた侵略戦争です。「世界全体が幸福にならないうちは、個人の幸せはあり得ない」と。

子供たちへの「贈り物」

馬耳東風

物価高に対応した政策を作るのが政府の役目

暮れに来て多くの国民が物価高に悩んでます。特にひとり親家庭は深刻な影響を受けています。ミサイルより今日の食費が大切です。

ひとり親家庭の支援団体「シングルマザーサポート全国協議会」が十月、支援を受ける会員を対象にコロナと物価高の家計調査を行いました。

商品を購入する質問では、米などが買えないことがあったとの回答は56%。肉や魚は76%で、81%が靴や衣類の購入を控えていました。

家計悪化への対応策では「親の食事の量や回数を減らした」と答えたのは62%で、子ども7%が食費の量や回数を減らされていました。他に「暖房を入れない」が69%、「入浴回数を減らす」は34%でした。

自由記述には「学校の靴や上履きが買えず、足が痛いと言っているが我慢し

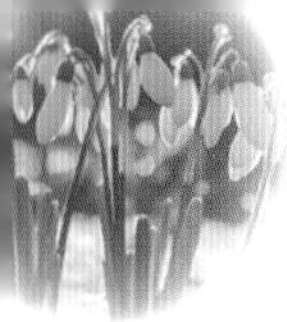

て履かせている」「高校の弁当をも作れず、学校を休ませた」「コンビニの廃棄弁当を拾う」と言った切実な声もありました。

　こうした深刻な事態の声に応えるのが政治の役目です。ところが政府は軍事費を増額してもこうした苦しい家計の支援を行おうとしていません。各自治体まかせです。

「敵基地攻撃能力」は日本を守るためでなくアメリカが攻撃されたら日本も一緒にたたかうことです。ミサイルより先ずは物価高の中で日常生活を保障するのが政府の役目です。

一筆啓上

短い命でも一生懸命生きる

手がかじかみ、今にも雪がふりそうな曇り空になると白っこが飛び交います。白っこは人間の目の高さ位を飛び回るものですからよく目につきます。昔は、子どもたちが白っこを手の平で捕まえようとしました。白っこの正式名称は雪虫です。ところが昆虫学者がいうには、雪虫は東京には生息していないと言います。雪虫に似たヒイラギハマキワタムシとのことです。飛び始めて1週間前後で生涯を終えます。こんなにも敢えない短い命でも一生懸命生きていることに感動を覚えるのです。

木漏れ日にここぞと光る八つ手の実

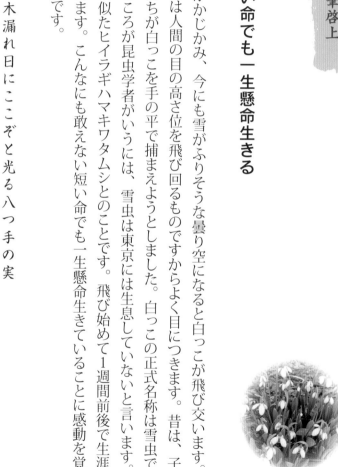

馬耳東風

政党助成金とはあなたの税金を各党が分け合う

赤ちゃんから老人まで国民一人当たり250円の税金を、共産党を除く各党が分け合っています。これを政党助成金と呼んでいます。

各党の議員の数に応じて受け取り、余っていても国庫に納入しないで翌年に繰り越して使えます。（表）

共産党は「しんぶん赤旗」の購買料、国民から寄せられた寄付、党費ですべての活動資金をまかなっています。

政党助成金

2021年政党助成金の各党本部の支出額と基金残高（1万円未満四捨五入）

政党名	支出額	基金残高
自民党	194億8970万円	214億1414万円
立憲民主党	82億3395万円	6億0000万円
公明党	31億8381万円	16億2874万円
国民民主党	19億7767万円	8億1771万円
日本維新の会	22億2045万円	10億4000万円
社会民主党	4億1805万円	1億5738万円
れいわ新撰組	1億9256万円	3695万円
NHK受信料を支払わない国民を守る党	1億7692万円	288万円
希望の党	2796万円	—
計	359億2107万円	256億9780万円

※19年に政党法上の政党要件を喪失、2021年12月解散

一筆啓上

ハチドリで有りたい

〝何となく今年は良い事あるごとし　元旦の朝晴れて風なし〟石川啄木の歌です。穏やかな新年が迎えられたことに感謝です。しかし、世界を見ると戦争や飢餓で苦しんでいる子どもたちがいるのが現実。目をそらすわけにはいきません。ロシアの一方的に仕掛けたウクライナ侵略戦争は、ウクライナののどかな平和な暮らしに激変をもたらし脅威を与えるものです。決して許されるものではありません。戦争が終わるまで山火事に「一滴の水を運ぶハチドリ」で在りたいと神に祈願です。

笑い声天下を変える去年《こぞ》今年《ことし》

フレッシュ タイム㉕

「大谷」ではなく　日本一の「大山」だよ

秋子　大谷選手の最優秀ＭＶＰはすばらしいわ。

春男　二刀流で、イチロー以来日本人２人目だよ。

秋子　楽しくプレーして相手にも思いやりもあるわ。

春男　どんなとこ？

秋子　相手の折れたバットを取ってやったり、時にはごみ拾いもするわ。

春男　国民栄誉賞を断ったのも謙虚の表れだよ。

濁り酒今日一日と老いの中

若者とスマホで打てる除夜の鐘

一筆啓上

マラソンブーム

「青梅マラソン」は全国的に名前が通用し、北海道でも九州でも「ああ、あの青梅から来たのですか」と言われた時はなんとも誇らしいものです。青梅マラソンは市民マラソンの発祥の地的存在です。まだマラソンが国民に根付いていなかった時に、東京オリンピックのマラソンに出た円谷選手と走ろうと始めたものでした。第一回の参加者は３３７人。折り返し地点で選手は、役員にチョークで腕や胸にしるしをつけられました。それを理解できずに逃げ出す者もいて、笑いと拍手に包まれたとか。今やマラソンブーム。若者がぞくぞくと参加して健康増進に頼もしい限りです。

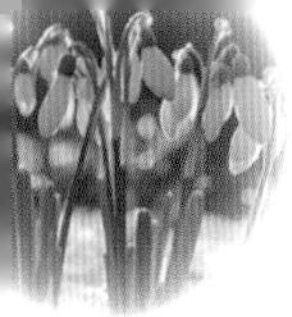

フレッシュ タイム㉖

今年の流行語年間大賞に「3密」が選ばれました。これは新型コロナウイルス感染症対策として避けるべき行動（密閉・密集・密接）で、いまどこでも最低限やらなければならないことです。▼政治の世界では「3密」が昔からあり、現在も継続中ですね。

　赤旗日曜版がスクープした「桜を見る会」もそのひとつ。安倍晋三前首相の後援会主催「桜…」前夜祭で、有権者に飲食代を提供したのは違法だと法律家団体が改めて東京地検に全容解明を求めて要請をしました。▼アベノミクスで口封じとはいきませんよ。河井克行・案里議員が起こした2900万円の大規模買収事件の出資金は自民党の政党助成金からです。政党助成金は議員に応じた税金の山分けで共産党は受け取りを拒否。▼『週刊ポスト』12／11号は、「菅首相後援者2500人パーティー政治資金報告書に不記載だった」と報道し、官房長官時代の「春の集い」、「成田山バスツアー」、「ゴルフコンペ」等を暴露。これでは「桜」と同じ構図です。

「3密」

馬耳東風

食べられるのに捨てられる食べ物　異常に多い

家庭からの食品ロス削減は「食」への感謝の気持ちがカギ

近年「食糧危機」という言葉がよく聞かれます。人口爆発や気候変動などで、近い将来、世界的に食糧が不足するという問題です。食糧危機を不安視する一方で、「食品ロス」が世界中で問題になっています。

食品ロスとは、食べられるにもかかわらず捨てられる食べ物のことで、日本では一年間に612万トン、東京では51万トンにもなっています。（2017年度推計）

国民一人ひとりが毎日お茶碗一杯分（約132グラム）の食べ物を捨てている計算です。

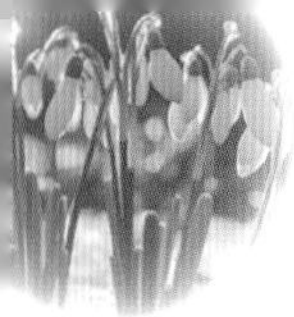

食品ロスは飲食店や食料小売店などから出る事業系と、一般家庭から出る家庭系に分けて考える必要があります。事業系では法律で再利用が義務化され、一定の取り組みが進んでいます。

一方、家庭からの食品ロスはなかなか減らず、日本の食品ロスの半分近くが家庭から出ています。

普通の生活の中で、計画的に買い物をしたり、保存方法を工夫したりと家庭で出来ることが沢山あるので、ぜひ一人ひとりが家庭からの食品ロス削減に積極的に取り組んでほしいものです。

雑草と踏まれてなるか糞魂

一筆啓上

ぬくもり

夕日の傾く頃の縁側はお日様のぬくもりがあって、寒さなんかを隠していま す。少年たちは割と広い縁側でメンコをして「取った」の、「ずるいぞ」と夢中です。お爺さんたちが隅の方で将棋を指しています。しばらくしたら女の子が加わり、おはじきを始めました。節穴におはじきが入ってなかなか取れません。ランドセルが畳の部屋へ乱暴に放り投げてあります。昭和時代の縁側は広く、子どもの遊び場であり、大人の社交の場でもありました。新建材でできたモダンハウスは、こうしたぬくもりの場をなくしています。

9条に思い込めたる福笑い

フレッシュ タイム㉗

義母から「この針をあの小川の角へ捨ててきて」と言われたのは何年前のことだったのでしょう。使えなくなった針をこんにゃくなどに刺して川や海に流す行事を針供養と言います。

12月8日は針供養の日です（又は2月8日）。裁縫に用いた針のうち折れたりして使えなくなったものを供養するものです。▼単なる道具にすぎない針までも供養する日本人の心のありようを物語っています。この行事のルーツは和歌山県の淡島神社だとされています。この神様は女性の守り神だとされ婦人病や安産、そして裁縫がうまくなる願いを聞き届けてくれるとのことです。▼8日という日の伝承には一つ目小僧などの妖怪がやってくるという言い伝えがあると言います。そこで目《め》籠《かご》などを門前に掲げて置くと妖怪は逃げていくといいます。節分にヒイラギを戸口に刺すのも疫病神を追い出す行事です。

供養の日

馬耳東風

ヤングケアラー

「家族の世話で勉強できない」に行き届いたサポートを

厚生労働省が４月に発表した全国の中高生への調査によると、中学生の約17人に一人、高校生の約24人に一人が「世話をしている家族がいる」と回答しています。

この子たちのことを「ヤングケアラー」といいます。慢性的な病気の親の介護や、幼いきょうだいの世話などを日常的に担う18歳未満の子どものことです。この調査では６割超の子どもたちが家族の事を

誰にも相談しなかったと答えています。

日本ケアラー連盟によると、ケアーはアルコールやギャンブルに依存する家族への対応や、日本語の話せない家族の通訳など多岐にわたっているといいます。そのために子どもらは自由な時間がなく学業や進路に影響することが多い現状です。

現在、病院のソーシャルワーカーらが入院患者の退院後の生活を支える計画を作り、地域の福祉施設などと情報を共有して支援につなげた場合、診療報酬を加算する仕組みになっています。入院した患者の家庭内にヤングケアラーがいたり、患者自身がヤングケアラーだった場合にもこの仕組みを活用する方向で厚労省は検討しています。

一筆啓上

森の打楽器屋さん

静かな森に入って落葉を踏みながら散策していると、遠くの高みの方でコツコツと音がします。木を打ち付ける音です。ははーん、これが啄木鳥《きつつき》の音かと納得。虫を取っているのか、それとも巣穴を作っている、縄張り宣言？　または求愛行為なのか分かりません。啄木鳥は属名でコゲラです。くちばしで木を素早く打ちつけて、その音を森に響かせているのです。森の打楽器屋さんと呼んだらどうでしょう。

穴あきのセーター捨てぬ石地蔵

フレッシュ タイム㉘

なくすまで言い続けよう「原発はいらない！」

　いても立ってもいられなくて国会議事堂前に行きました。そこには、「原発いらない」「人事案反対」「再稼働許すな」と手書きのプラカードを持った人たちが詰めかけていました。

　反原発連合が毎週金曜日に呼びかけている首相邸前抗議行動は、国会周辺が抗議の波であふれ、規制にあたっている警察官もたじたじの様相でした。労働組合の赤い旗はまったく見られません。参加者がみずから作ったゼッケンでの抗議です。休みを利用しての子ども連れ、中には乳母車を引いたお母さんの姿も見えました。袈裟を着たお坊さんと十字架の旗を持った人が隣り合わせでそれぞれの鐘を鳴らして「原発反対」シュプレヒコールを繰り返していました。世論調査で7割近い人たちが原発はいらないと思っているのに耳を傾けない政府に、わたしも反対！反対！撤回！撤回！と大声で唱和しました。

（人事案反対とは、原子力規制委員会人事案の中に、原発を推進してきたメンバーがいるためです）

一筆啓上

草滑り

五日市線に汽車が走って行きます。黒い煙を吐きながら、汽車自ら重そうな車輪を回しながらあえいで進んで行きます。多摩川の鉄橋を渡る姿は勇壮で、はるか向こうの空に雲が沸き上がっているのを見ると絵はがきになります。鉄橋に差し掛かる前の土手は低い草に覆われ、誰も刈り込みもしません。子どもたちはそれを良いことに線路のあるてっ辺から、ボール紙を尻の下に敷いて枯草の上を滑り降りるのです。草スキーです。今はそんな遊びをする子は誰もいません。汽車も走っていません。

幼子の踏まれてなるか土筆《つくし》の芽

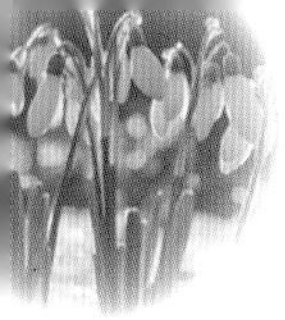

フレッシュ タイム㉙

猫じゃあるまい　コタツばかりじゃ

秋子　寒いわね。コタツから出たくないわ。

春男　体調が狂うよ。思い切って運動だね。

秋子　でも？　そうだ。足湯がいいわ。

春男　うまいことに気がついたね。

秋子　第2の脳と言われる手を温めるのもいいわ。

春男　手湯だね。首回りも温めるのが肝心だよ。

反戦のポスター掛けし梅一輪

冬木立咳して一人なお寒し

馬耳東風

コロナ禍でも最大の軍事費　昨年比289億円の増
――軍拡でなく、コロナで苦しむ医療補助を――

過去最大の軍事費

２０２１年予算案の軍事費は、５兆３４２２億円にのぼりました。20年度比２８９億円の増です。

コロナ禍のもとでも、憲法無視の「敵基地攻撃」兵器の整備をなど米国追随の軍拡を進め、９年もの増額を続けています。

今年は過去最大の更新です。

フレッシュタイム㉚

ウイルス

霜の降りている大地から家族仲良く芽を出したのは蕗《ふき》の薹《とう》です。薄緑色でほろ苦さと香りは早春ならではの味覚です。自然のなりわいは太陽の光と地球の自転を通して何億万年行われているのでしょうか。▼この自然の動静を人間は無視し、文明の発達と共に自然を征服したような傲慢な態度でいるのです。コロナの蔓延は人間の自然破壊への復讐と考えてよいとの見解があります。人間による環境破壊で生物多様性が後退したことによって人間が今まで感知できなかった未知のウイルスがはびこり、人間への攻撃を仕掛けてきたのです。▼これからも新型ウイルスが次々と出てくる恐れがあるのです。ウイルスは生物ではありません。タンパク質の分子だそうです。ウイルスは薄い油脂に覆われただけで崩れやすい物質です。▼石鹸や消毒液で壊すことが出来ます。殺菌剤は効果がないそうです。狭いところほど、ウイルスは集中しますので窓を開け、自然換気が大切です。正しく恐れ、妥当な日々の行動で、コロナ疲れをしないようにしたいものです。

一筆啓上

日本にしかいない鳥

ケーン、ケーンと甲高い声で林の中で鳴くのは雉《きじ》です。雄雉が雌雉を呼んでいる声です。七十二候の中の最後の候、小寒は、雉始めて啼くとなっています。鳴き声は「ほろほろ」という擬音で表されることがありますが、むしろ「羽音」とも言われています。雉は世界中で日本にしかいない独特の鳥で国鳥になっています。そういえば昔話「桃太郎」の中に雉が登場していますね。赤いとさかが顔全体を覆い、頭の方は胸まで青く胸から腹までは緑色、しっぽは長くなかなかの美的感覚です。

声援に如何しがたし寒桜

敵基地攻撃能力を先行

迎撃ミサイル「アショア」に替わる「イージス・システム搭載艦」導入に向け、調査費として17億円を計上しました。２隻の新造を決めていますが、導入費用は２隻で４千億円を上回るうえ、維持費を含めれば1兆円を超えるといわれ、費用は青天井です。

長距離弾道ミサイルは敵基地攻撃能力保有の先行です。４機３９１億円の取得費をつけたステルス戦闘機Ｆ35Ａに搭載するミサイル取得で１４９億円。アメリカからの高額兵器の購入が財政を圧迫しています。単年度で払いきれない金額を翌年に先送りした「軍事ローン」経費は2兆３３７８億円まで膨らんでいます。

現政権下で新たにあらわれた体質は沖縄で、辺野古への米軍新基地建設で８４６億円を盛り込み、住民の反対を踏みにじり宮古島に弾薬庫計画を進めています。

馬耳東風

死刑執行で被害者家族癒やされません

OECD 加盟国で死刑存続は日本・韓国・米国のみ

世界の死刑制度の状況を見てみますと、２０１６年12月時点で法律上の死刑廃止国１１１ヶ国、10年以上死刑執行がない国が30ヶ国、合計で１４１ヶ国が死刑を廃止しています。

死刑存続国は57ヶ国のみで、残念なことに日本はこの中に含まれています。

ＯＥＣＤ（経済協力開発機構）加盟国34ヶ国のうち死刑を存続している国は日本・韓国・米国の三ヶ国のみです。

しかし、韓国は20年以上前から現在に至るまで執行はな

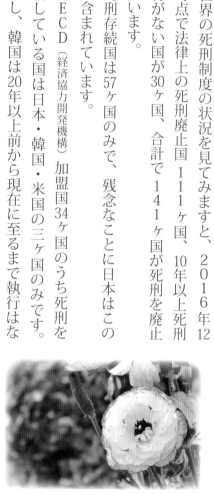

く事実上の廃止国になっています。米国では州により異なり、２０１７年10月時点では廃止州19、事実上の廃止（モラトリアム）を宣言した州が４州です。２０１６年に死刑執行した州は５州のみで減少傾向です。しかし、残念なことに連邦政府は今年７月に死刑執行をしました。２００３年以来17年ぶりです。

増える死刑廃止

いま、死刑を廃止する国や地域が増えており、アメリカではコロラド州が22番目の死刑廃止州になりました。この時、高齢の被害者家族は「死刑では癒されない！」と主張したそうです。

同年９月にはカザフスタンでも死刑廃止が決まりました。２０１６年の死刑執行国は23ケ国です。残念なことに日本はこの中に入っています。

日本も死刑廃止国際条約と核兵器禁止条約を一刻も早く、絶対に批准してほしいものです。

（君子）

フレッシュ タイム㉜

どこからか、ほのかな甘い香りが漂ってきます。香りは低い樹木の黄色い花から出ていました。蝋梅《ろうばい》です。平安時代の仁明天皇は黄菊の黄色を好まれ、天皇治世の年号「承和《じょうわ》」にちなんで黄色を承和《そが》色としました。▼黄色は西洋でもマリーゴールド、サフランイエローといって好まれています。数十年前「幸せを呼ぶ黄色いハンカチ」という映画がありました。幸福を求めて黄色いハンカチを捜す内容だったと記憶しています。▼近年、黄色は幸福を呼ぶ色として親しまれています。日本初の百科辞典に天蓋花《てんがいばな》として紹介された向日葵《ひまわり》は夏空によく似合う黄色い花です。太陽に向かって咲き、太陽の動きに従って回ると信じられてきたところからこの名がついたとか。▼別名を日輪草《にちりんそう》とか日車《ひぐるま》と

幸せの「黄色いハンカチ」

言います。高浜虚子は〝向日葵がすきで狂ひて死にし画家〟と詠んでいます。貝原益軒は「花よからず最下品なり」と嫌いました。そのためか江戸時代初期の渡米にも関わらず庶民に愛好されませんでした。ソフィア・ローレンの映画『ひまわり』はウクライナの真っ黄色なひまわり畑で戦争に行った夫の帰りを待つ物語で、今のロシアのウクライナ侵略戦争を彷彿とさせるものです。

おわりに

この「迷文」エッセイは２０２０年春から２０２３年秋までの「東青梅パワー」コラム欄等をまとめたものです。

変化の激しい現代、うかうかしていると取り残され、置いてきぼりになるような昨今、自己嫌悪に陥っています。人間社会が揺れ動き人心が疲弊する一方、自然界は悠々と季節の恵みに享受し謳歌しています。独りよがりの解釈文をおおやけにすることは穴があったらの感です。老輩のため息として受け止めてください。同類文があることをお許し下さい。パラパラとめくって下さったことに感謝いたします。

今回も上梓にあたり、杉並けやき出版の小川剛さんにたいへんお世話様になりました。ここに厚く御礼申し上げます。

二〇二三年秋

著　者

ウオッチング

2023年12月5日　　第1版第1刷 発行

著者　和木　宏

発行者　小川 剛

発行所　杉並けやき出版

〒166-0012 東京都杉並区和田 3-10-3
TEL 03-3384-9648
振替 東京 00100-9-79150

発売元　星雲社（共同出版社・流通責任出版社）
〒112-0005 東京都文京区水道 1-3-30
TEL　03-3868-3275

印刷／製本　有限会社 ユニプロフォート

ISBN978-4-434-32232-7 C0095